奇想三十六計 1

調虎離山神救援

文—岑澎維　圖—茜 Cian

目錄

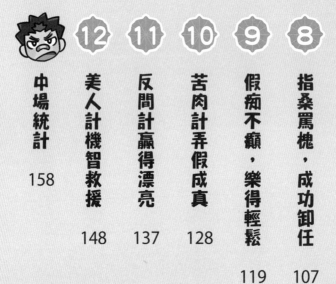

作者的話

三十六奇計的智慧與自信

◎文──岑澎維

還記得第一次讀孔明運用空城計嗎？十五萬大軍踏得塵土沖天，往西城蜂擁而來之際，孔明身邊別無大將，城中僅有一班文官與二千五百名士兵，令人忍不住為他捏把冷汗的時候，我們知道，諸葛先生一定有辦法！

這就是三十六計的神奇，一個計策翻轉結局。因此，著手寫這一系列故事的時候，最先浮現腦海的，就是三十六計的玄妙入神，而有最初的《調虎離山神救援》。

當然，計策的運用牽連到許多因素，天時、地利、人和缺一不可，隊友的協助更是重點，但有時候幫了倒忙反而增添麻煩，《隔岸觀火扯後腿》便是在這樣的情況下產生。

強勁的對手增加計謀的難度，但是若能贏過一位實力堅強的神對手，不也是得勝之師的最高榮耀嗎？如果贏不了，就只能像司馬懿在得知真相之後，仰天長嘆一聲：「吾不如孔明也！」因此寫下《金蟬脫殼逆轉勝》。

處處驚險但步步為營，輕風徐來，坐在樹下讀一本《三十六計》，遙想當年兵臨城下的緊急，我們看到絕處逢生的神妙，這一場戰地奇蹟，彷彿陽光穿透，在圍籬上開出的一朵小花，值得我們靜靜欣賞。

在經營這一系列故事的時候，我想起十年前在雲林縣東榮國小的一次作家有約，在圖推高進榮老師編輯的回饋畫冊裡，赫然出現「不難找國小」這個有趣的校名與「難不倒校長」，讓我看了便忍不住想要為它寫個故事。

在故事想像的階段，這所趣味十足的國小，便從我的腦海中蹦出，我想起當時的允諾：如果我以「不難找國小」為根據地，拓展出故事，我將回饋給東榮國小的孩子，每人一本這系列的書。

如今，這個故事已然完成，再次取得高老師的同意，很開心他給了這個故事一個精采的起點，大方迎接這群對三十六計有興趣的孩子進駐，在裡面以闖關的方式，操演三十六計。

計策是供人運用的，故事中的藍步島老師以闖關的方式，讓學生練習運用，希望透過這個方式，讓孩子們對三十六計有初步認識。

老祖先的智慧在歷史長河中，激盪出美麗浪花，何妨試著將三十六計運用在生活之中，它看似高深，然而，在需要使用的時機，恰當的計策也真的是，不難找啊！

不難找國小

人物介紹

藍步島老師

剛加入不難找國小的熱血老師，有一點冒冒失失，但是也誤打誤撞的找到了其實很難找到的「不難找國小」。作為六年級奇謀詐計班的導師，有滿滿的熱忱和好學精神，看起來真的什麼都「難不倒」他。

林明輝

綽號「阿輝」，長得高又壯，是不難找國小裡的小霸王，一年級剛入學就和高年級學長打架，轟動全校。擅長闖禍，無聊時也會欺負低年級的學生或是以捉弄班上同學為樂，整天都跟好朋友「鐵倫」黏在一起，讓父母、老師都很頭痛。

陳聿倫

外號「鐵倫」，熱愛運動，特別喜愛打籃球。身材又高又瘦，因為長時間運動的關係，皮膚晒得黑黑的，和林明輝是死黨。

黃孟凡

外號「亮亮」，因為從小是諸葛亮的超級粉絲，恨不得把自己的名字改成「黃亮亮」。聰明認真，是師長們心目中品學兼優的好學生，也是第一個挑選奇謀詐計作為主題課程的六年級學生。

楊若欣

是班上的風紀股長。觀察入微，能從蛛絲馬跡中找到真相。同時擁有一手好廚藝，曾在五年級的全校烹飪比賽中奪得冠軍。

林愛佳

奇謀詐計班的班長，當班上同學有糾紛或者難題時，愛佳總是會沉穩的協調，必要時也願意犧牲小我，為班級爭取更好的榮譽。在美術方面頗有天分。

康宥成

個性憨厚又有些膽小怕事，有時候也有點迷糊，老是丟三落四，常被阿輝針對甚至霸凌。為了自保，只好找上聰明的亮亮作為護身符。

三十六計基本介紹

三十六計是一本古書嗎？

「三十六計」指的是三十六條計策，到目前為止，還沒有證據顯示，這些計策在古代已經成書。

最早是何時出現的？

「三十六計」這個名詞，最早的紀錄出現於《南齊書》中的〈王敬則傳〉：「檀公三十六策，走是上計。」

這句話是說：

「檀公雖然謀略多，但在現實難以挽回，別無良策的情況下，全身而退就是最好的計策。」

檀公是南朝劉宋時期的開國名將檀道濟。檀道濟百戰沙場，儘管他智勇雙全、戰功彪炳，然而也曾發生過大敵當前，為了把犧牲降到最低，而冒險突圍的境地。

原文的「三十六策」是指「計策很多」的意思，「三十六」是虛數，代表「很多」的意思，當時還未出現三十六條計策。

如何形成現在的三十六條計策？

「三十六策，走是上計」後來演變為「三十六計，走為上策」。這句話

成為流傳民間的俗語，老幼皆知。但人們不明白三十六計究竟是什麼，於是有人為了附會這句俗語，便從歷史上的軍事謀略、經典事例，及古代兵書中尋找例子，實際湊成了三十六條計策。

於是，「三十六」從原本的虛數化為實數，後來的人又加以注解、說明、舉例，就成了我們現在熟知的三十六計，以及許許多多的《三十六計》書籍。

三十六計的內容有哪些？

這三十六條計策分別是：

瞞天過海、圍魏救趙、借刀殺人、以逸待勞、趁火打劫、聲東擊西、無中生有、暗度陳倉、隔岸觀火、笑裡藏刀、李代桃僵、順手牽羊、打草驚蛇、借屍還魂、調虎離山、欲擒故縱、拋磚引玉、擒賊擒王、釜底抽薪、渾水摸魚、金蟬脫殼、關門捉賊、遠交近攻、假道伐虢、偷梁換柱、指桑罵槐、假痴不癲、上屋抽梯、樹上開花、反客為主、美人計、空城計、反間計、苦肉計、空城計、走為上策。

三十六計有什麼用途？

三十六計不僅能運用在軍事上，在比賽、商場、人際關係上也處處可見；我們了解三十六計，才知道自己可以怎麼做、別人可能會怎麼做，畢竟，知己知彼，才能你攻我守，做好預防和應變！

序章 不難找國小奇計班

在車水馬龍的市區之中，有一所「不難找國小」。

就像每個父母在為孩子命名的時候，總忍不住會放進各種期待一樣：善良、睿智、美麗、快樂、誠正、文武雙全、智仁勇兼備……不難找國小的校名，也背負著這樣的期待——其實啊，它很難找。

心化路一號……嗯，就是這裡吧？
早安！咦？門自動開了？
早安。
不難找國小
該不會通關密語是「早安」吧？
WC
不難找國小，嗯……總之先上個廁所吧！
好酷！為什麼教室蓋成這樣？居然不會倒？

你是新來的老師吧？先別想這些，快去報到吧！
啊！原來辦公室在那裡！
謝謝……咦？人呢？
六年6班
六年六班的同學，你們知道今年的課程主題了嗎？
知道，今年的主題是奇謀詐計。
哼，炸雞課。

三十六計
沒錯，今年我們就來研究並實際運用三十六計，來一頓三十六計大餐！
哇！好酷，我果然選對班了！
啊？三十六計能吃嗎？
我們的班名要取什麼？奇計班？
三十六計班？
炸雞班啦！
不要啦，這好像夜市擺攤。叫奇謀班呢？
好，那現在來舉手表決班名。1、2、3、4……
奇計班 6
三十六計班 0
炸雞班 0
奇謀班 0
好，從現在開始，我們班就叫奇計班。

藍步島
對了，忘了自我介紹！
各位同學好，我叫藍步島，請多指教。
啊你叫什麼名字？
難——不——倒？
傳說中的難不倒老師就是你？
你真的難不倒嗎？
教到林明輝也難不倒你嗎？
喂！沒禮貌！
難不難得倒，相處久了你們就會知道。
三十六計
既然各位已經知道今年的課程主題，我就來說明這些計謀的運用規則。

用計積分表
第一計 70
第二計 80
第三計 85
第四計 90
第五計 95
第六計 96
第七計 98
第八計 96
第九計 94
第十計 90
請在這一年裡盡量使用這三十六計，不論成功與否，只要有使用就得分。
積分低於八十五的同學，畢業證書上就少一項才能喔！
楊若欣
我們班有六個人，平均每人使用六計，怎麼還有七到十計啊？
能實現幾個就用幾個，不必平均分配。
陳聿倫（鐵倫）
那別人用過的，還能不能用啊？
不行。
黃孟凡（亮亮）
為什麼計分表上，完成一計是七十分，完成兩計不是一百四十分啊？
萬事起頭難，所以第一計給最高分。不過一回生二回熟，所以後面的給分遞減。
康宥成
為什麼過了第七計之後，多用一個計謀分數反而減少？
計謀的成功，需要互助合作。因此，老師希望你們別只顧自己，還要學習互相幫助。
军

請問老師怎麼知道我們用過哪一計？
林愛佳
使用計謀後，交出一張五十字左右的「便利貼」，記下你的計謀名稱和使用方法，
老師看完以後就會把積分算進各位的成績單裡。
我們怎麼知道哪些計謀被用過了？
林明輝（阿輝）
這面張看板上有三十六張貼紙，老師收到同學們的便利貼後，就會將貼紙撕下來給你們，
你們可以貼在待會發下去的筆記本上，畢業前結算積分。
圍魏救趙
笑裡藏刀
打草驚蛇
調虎離山
欲擒故縱
拋磚引玉
擒賊擒王
指桑罵槐
假痴不癲
苦肉計
反間計
美人計
借刀殺人
隔岸觀火
暗度陳倉
李代桃僵
借屍還魂
釜底抽薪
瞞天過海
遠交近攻
渾水摸魚
假道伐虢
偷梁換柱
反客為主
以逸待勞
聲東擊西
無中生有
順手牽羊
趁火打劫
金蟬脫殼
關門捉賊
上屋抽梯
樹上開花
連環計
走為上策
空城計

說明完闖關規則後，藍步島老師發給每個人一本三十六計筆記簿，第一頁就是可以貼貼紙的地方，一共十格，最多可以收集十張貼紙。

自己用過的計謀，就貼在這上面，一目了然。

「老師，救援指數是什麼？」

「運用這個計謀，帶給你的幫助有多大。」

老師還告訴大家，便利貼由他批改完之後會還給本人，把它貼在「三十六計筆記簿」裡面，就可以得到計策貼紙了。

「還有，老師——」

「怎麼了？」

「如果是兩個人，或者三個人一起合作完成的計策，分數要怎麼計算？」

「那就你們自己商量出一位得分的人。也許你們會覺得不公平，但是想想，幫助別人何嘗不是一件快樂的事？」

怎麼六個人講起話來，音量竟然不輸三十六個人啊？希望他們闖起關來，也不輸三十六個人。

且看六年奇計班，正式展開三十六計大鬥法！

1 圍魏救趙，急中生智

晴朗的秋日早上，陽光從不難找國小的校門口鑽進操場，像一層金色的露珠，潑灑在草皮上。

「早安！」

校門應聲打開，鐵倫走了進來，陽光把他的影子拉得好長好長，看起來顯得更高更瘦。

就是因為他又高又瘦、又黑又熱愛運動，所以同學都叫他「鐵倫」，意思是：鐵打的阿倫！週末一早他就來學校，看有沒有可以一起打球的伴。

籃球班的陳定志和王大衛他們一共四個人，正在籃球場上揮汗鬥牛。阿輝在一旁看著，他也想要加入，但一直沒有開口。看見鐵倫來了，阿輝跟他招招手，然後把臉往球場一甩。

像接到任務一樣，鐵倫走到球場旁邊，等待時機，好跟王大衛他們商量商量。

六年五班的課程主題是「籃球」，五班的學生除了常在籃球場上練球，平時在教室裡上的國語、數學等等課程，也都跟籃球有關。就像六年六班的主題是「奇謀詐計」，所以各個學科都配合三十六計來設計一樣。

鐵倫趁著大衛正在運球時，大聲的說：「大衛，我們跟你們一起玩！」

鐵倫五年級的時候，跟王大衛同班過，他猜大衛不會拒絕他。

球場上的四個人彼此互看了一眼，陳定志先開口：

「你們不是我們的對手啦，你們去隔壁那邊玩！」

他說的「隔壁那邊」，是指旁邊另一個球場。

但是，鐵倫和阿輝都沒帶籃球，怎麼去另一個球場玩？雖然熱愛籃球，但是家人都不希望他們花太多時間在上面，所以一直不肯買籃球給他們。

令阿輝在意的不是「去隔壁那邊玩」這句話，而是陳定志那句「你們不是我們的對手啦」，很瞧不起人。

阿輝冷冷的說：

「怎樣？很跩是不是？」

阿輝往前站了一步，雙手交叉在胸前說：

「你們很厲害嘛！」

不知輕重的陳定志竟然也跟著上前，大聲的說：

「不然你要怎樣？」

然後，阿輝大吼一聲：

「那就來試試看！」

聲音大得連鐵倫都心驚膽戰，心裡直想著：慘了慘了，又要出事了！

阿輝是不難找國小中每個老師都頭痛的學生，只有新來的藍步島老師還不知道他的厲害，還沒開始頭痛。

一年級的時候，在操場邊的看臺旁，阿輝和一個五年級的學長打架，讓他一戰成名。因為受傷的，不是一年級的阿輝，是五年級的學長。

這一架讓「林明輝」三個字轟動校園，很多學長、學姐專程到一年級教室，都為了要看看「林明輝」是哪一個。

不難找國小的編班方式是這樣的，每年入學的一年級新生只能有三十六位，而且全部都在同一個班級。

二年級的時候，依照體重排出順序，平均分成兩班，每班十八個人。平均體重都一樣，這樣拔河比賽比較公平。

三年級依照身高分成三班、四年級按照生日分成四班，五年級

則是按照成績來分，每班的人數不一樣，但平均分數都一樣。

到了六年級，分成六個班級，每班六個人。這是大家最期待的六年級，終於可以依照興趣分班了。

分班的時候，如果喜歡同一個課程主題的人數太多，就用比賽來決定。六年級想進籃球班的人最多，就來一場籃球比賽，挑選最合適的學生。

因為這樣，一年級的時候，所有的小朋友都在同一個班級上課。學長姐要在三十六個小朋友之中找到「林明輝」，就像在水族箱裡撈孔雀魚一樣，需要一些時間和耐性，但他們樂此不疲。

只要看到學長、學姐走進一年級教室，大家都知道，那是要來看林明輝的。

後來升上二年級、三年級，不管到幾年級，阿輝永遠是被廣播點名的冠軍。

五年級下學期，阿輝又惹出了一件事，他把一個瘦小的三年級學弟舉起來，像張飛耍槓子一般作弄他，說要讓他知道什麼叫做「暈機」。

其他的三年級小朋友都看傻了，跑著跳著飛奔到學務處，找李主任來救命。

李主任趕到的時候，「暈機」的小學弟早就嚇得面色如土、哇哇大哭，止也止不住了。

這件事讓阿輝的爸媽都被「請」來學校，來跟人家的爸媽道歉，還跟學校保證，絕對不會再犯錯，再犯錯一定轉學。

如果阿輝轉學，那將會是不難找國小創校以來，第一個轉學出去的學生。

好了，話題扯太遠，該回到正題上來。

看看雙方劍拔弩張的樣子，再打一架，阿輝就要當轉學生了，鐵倫趕緊去拉住阿輝：

「只是打打球，有話好說嘛。」

鐵倫拉著阿輝的手臂，免得他們靠太近，真的動起手來可不好玩。但阿輝不肯收束，他甩開鐵倫的手。

他的鼻孔對準陳定志的雙眼，噴發出不屑的氣流；瞧不起人的眼角餘光，輕蔑的從眼中掃射出去，連鐵倫也被波及。

鐵倫只好去拉拉陳定志，結果又被陳定志甩開。

鐵倫再次走回阿輝身邊，小聲的說：「不要忘了你爸媽跟李主任講的話。」

阿輝伸手一推，鐵倫跌坐在籃球場上。

鐵倫裝作很痛的樣子，看看阿輝會不會來關心他。但是沒有，阿輝連正眼都沒有看他一下。

「阿輝再鬧事就慘了！」鐵倫急著想辦法阻止他們，但是辦法哪裡有啊？

鐵倫快速的回顧他才讀了幾頁的三十六計，希望能像藍步島老師說的那樣，找出救命護身的妙錦囊。

負責打掃校園的張叔，正在黃槐樹下掃落花。或許他也看出了不對勁，推了一下寬草帽，又看了一眼鐵倫。

鐵倫也看見張叔，他還看見張叔的掃把頭指向校門口，鐵倫立刻靈機一動，想起陳定志家就在校門正對面，也想起每天都會來學校運動的定志阿嬤。

「對了！」鐵倫很快就復習完畢，因為他也只讀了兩計，其中一計剛剛讀完，印象深刻。「就來個『圍魏救趙』吧！」

阿嬤！歹誌大條啦！
啥咪歹誌？
拎叨欸陳定志，跟林明輝在球場上要打起來啦！
蛤？哎喲，叫他別靠近那個小流氓，就是不聽啦！
要拚輸贏是不是？來啊，誰怕你？
陳、定、志，你阿嬤——來——了——啦！
說去打籃球，結果去打架，你學壞了啦！枉費我每天辛辛苦苦……
我沒有打架啦，阿嬤你別再唸了！
有種你留下來啊！
怎麼樣？我這招「圍魏救趙」救援成功了吧！
哼！那是他運氣好，下次不要再被我堵到！

陳聿倫便利貼

對三十六計半信半疑的我，急中生智用這招「圍魏救趙」，讓陳定志嚇得立刻逃走，救了阿輝，也讓我開始敬佩三十六計。

救援指數 ★★★★☆

奇計積分 陳聿倫70分

圍魏救趙

「圍魏救趙」是指襲擊敵軍後方，迫使敵軍撤回的戰略。

戰國時期（約西元前四七六年），趙國趁魏國國喪的時候，出兵強占中山城。魏惠王嚥不下這口氣，派大將龐涓帶兵攻打趙國，直逼趙國都城邯鄲。

趙國向齊國求救，齊王雖然不願意看見魏國坐大，但也不想與魏國正

面交鋒，他觀望了很久，只以少少的兵力暗自援助趙國。

一年過去了，這場仗還在打，魏國與趙國的兵力也消磨不少，齊威王才任命田忌為主將，孫臏為軍師，出兵救援邯鄲城。孫臏便趁魏國重兵在外之際，派兵直搗魏國都城大梁。

魏軍得到消息，立即撤回，當大軍回到桂陵時，長途跋涉又遭齊軍埋伏截擊，魏軍只得投降。

「圍魏」與「救趙」雖是不同的事，但它們的目標一致，都是為了要「救趙」。救援別人之前要先衡量自己的實力，當「困住敵人」這件事，比「援助友軍」這件事容易時，選擇攻擊敵軍的基地，便是此計的重點。

2 笑裡藏刀，優雅自保

早晨，不難找國小一位六年級女學生，穿過曲曲折折的小巷，踏著平穩的節奏走在校園外圍的紅磚道上。

面對大門，她輕輕說了聲「早安」，大門打開了。一群被擋在校門外沒辦法進來的低年級生，開心的跟在她後面進校園。

藍步島老師也被困在外面過，現在他弄清楚了，大門的通關密語是「早安」。但是，說完密語後不能停下腳步，必須繼續往前，

大門會在只差一步的時候開啟。

若是在門口猶豫、停留或聊天，門都不會開。

幾個小蘿蔔頭跟在這位大姐姐後面走進來。從一年級到現在，她都是老師心目中的「品學兼優」：上課認真聽講，下課詳做筆記，有錯立刻改，發現疑問馬上提出來。

這位六年級大姐姐本名叫黃孟凡。從小就是諸葛亮的粉絲，恨不得直接把自己的名字改成「黃亮亮」，從四年級開始，便要求同學叫她「亮亮」。六年級分班的時候，她是第一個挑選「奇謀詐計」主題課程的人。

依照過去的習慣，亮亮抬頭看了看穿堂上那道墨綠色的大理石牆壁，隱隱感覺到，原本光亮的大理石，今天卻覆上一層暗褐色的水氣。

「天色霧濛濛，連大理石都透不出光澤。」然後亮亮踏上階梯。不難找國小的教學大樓，是一個倒三角錐形，二樓有兩間教室，是二年級的；三樓有三間教室，是三年級的，越往上走教室越多。年級越高，要爬的樓層也越高。

「這樣才能鍛鍊身體，有好智力還要有好體力！」亮亮總是這麼想。她臉不紅、氣不喘的爬上六樓，然後右轉，經過四班、五班，最後來到六班教室。

亮亮推開門，教室裡一個人也沒有。教室裡的座位排成半圓形，老師的講桌在圓心上。亮亮就坐在老師對面，看得最清楚的位置。

在亮亮之後，林明輝也走進教室。阿輝一進來，書包隨手丟在地上，就懶洋洋的趴在桌子上，好像一整個晚上都沒睡，終於回到家一樣。

亮亮把窗戶全部打開，涼風立刻撲面而來，在襲人的涼意之中，她坐下來研究三十六計。

接著，康宥成也來了，他坐在半圓形的最左邊，右手邊就是林明輝。

康宥成看見座位旁又是書包、又是便當袋、又是水壺，就用腳輕輕的把東西往林明輝那邊推去。

推的時候弄出了一些聲響，林明輝立刻抬起頭來，看見康宥成正在用腳推他的便當袋，一句話也沒說，伸腳就把康宥成的整張桌子踢翻。

「喔，難怪今天的校門，一點光澤也沒有。」亮亮心裡這麼想，但她不知道，好戲還在後頭呢！

她走過去幫康宥成把抽屜裡掉出來的東西整理好，但是桌子已經搖搖晃晃了，不修理是不行的。

七點三十分，一秒也不差，藍步島老師走進教室，他聞出空氣裡異常沉悶，好像火藥剛剛爆炸過。

雖然和孩子們相處的時間不長，但藍步島老師一眼就看出發生什麼事了。他沒有責備林明輝，只是從櫥子裡拿出工具箱，然後找出鐵鎚和釘子，叫林明輝在一旁幫忙修理桌子。

從小到大總是挨罵的阿輝，這一天竟然沒有被罵，還派得上用場，連他自己都覺得不可思議，就專心的當起助手來。

師徒兩人花了半個多小時，才把桌子修好。

「請你把它搬回去。」

「喔。」

林明輝把桌子搬到康宥成的位置，但藍步島老師搖搖頭說：

「不對，是搬回你的位置。」

「可是，這是康宥成的桌子。」

「沒有錯，你把人家的桌子踢壞了，就得賠人家一張。你那張桌子給康宥成，這張修理好的，就是你的了。」

雖然有點沒面子，但修理好的桌子很堅固，有一種值得信任的

感覺，其實阿輝還滿喜歡它的。

「剛開學時，老師讓你們自由選擇座位。但是現在有狀況，就不能順著你們的意思了。」

藍步島老師的眼光，掃射了大家一遍，然後說出他調整的辦法：「我們就一位男生、一位女生，間隔著坐吧！」

老師還開出條件：最好用交換次數最少的方式，來達成目的。

大家你看看我、我看看你，怎麼換才好呢？

現在教室裡的座位從左到右依序是：康宥成、林明輝、陳聿

倫、黃孟凡、林愛佳、楊若欣

楊若欣很快就想出來，她舉手回答：「我知道，我知道！交換一次就可以了，愛佳班長跟林明輝交換位置！」

班長林愛佳一聽，以為自己要跟林明輝坐隔壁，苦著臉搖搖頭。

若欣說完，也察覺到不對勁，張大眼睛看著亮亮。

其實，亮亮早就想到了，只是她不想說出答案，因為她一眼就看出來，即將坐在林明輝旁邊的，正是自己和若欣。

於是，新的座位換成了：

康宥成、林愛佳、陳聿倫、黃孟凡、林明輝、楊若欣

「難怪今天天色這麼差，又被寒風迎面突襲！但不要擔心，相信自己，你能處理得很好的。」亮亮定下心來安慰自己。

換完座位，她把頭再次埋進全班每個人都有的主題教材《三十六計》之中，但是一個字也看不下去。

既然如此，那就隨遇而安，跟林明輝和平相處吧！

不過這時，她想起藍步島老師最常跟自己說的話：「為什麼你老是一臉嚴肅？」他總說亮亮看起來太嚴肅了，不像個孩子，要多笑一笑才好。

一想到三十六計裡，唯一跟「笑」有關的計策，就是「笑裡藏刀」，亮亮就對「笑」沒什麼好感。

但是藍步島老師說，計謀是一種「智慧」——重點在於怎麼運用，不在於喜不喜歡。

「巧妙的用計，來自於智慧的判斷！」亮亮想起藍步島老師的這句話，一時福至心靈，幾乎就要跳了起來：「何不來個『笑裡藏刀』！」她立刻翻到這一頁仔細研讀。

對亮亮而言，三十六計之中，這是最難的一計。她連笑都做不好了，還要笑裡藏著刀，難度很高。

「將軍無法選擇戰場，難度越高，越有挑戰性！」身為「亮粉」，一向以偶像為榜樣的亮亮，決定試試看主動出擊。

首先，亮亮主動微笑跟阿輝打招呼，再趁機做起「敦親睦鄰」的工作，和阿輝建立起友好關係。阿輝有懶得抄的數學筆記、懶得想的國語造句，甚至是回家作業，亮亮都會「好人做到底」，把自己的課本往右邊移一點，讓阿輝在座位上，就能看到筆記和答案。

嗨，沒想到會坐到你旁邊，請多指教。
數學筆記你抄完了嗎？抄我的吧！
哇！這麼好喔？謝謝你！
國語課
喂，快幫我想個造句。
你直接抄我的吧！
下課時
下節課老師要檢查習作，你趕快抄吧！
亮亮你最好了，真是我的救命恩人！
林明輝竟然在寫作業？天下紅雨了嗎？
月考時
咳！林明輝，考試時不可東張西望，自己寫自己的。
亮亮不容易啊，這張考卷有不少陷阱，要考滿分有難度。
這樣就對了，笑起來多可愛！
謝謝老師！
58
100
咦？亮亮，你什麼時候用了這一計？
嘻嘻，天機不可洩漏！
讓阿輝抄作業抄到成績退步，就是我藏在笑裡的刀。他果然中計了！
笑裡藏刀

黃孟凡便利貼

「笑」果然有種神祕的力量，笑著讓同學抄作業，但也因此讓他考出壞成績。看起來有些居心不良，卻讓我見識到「笑裡藏刀」的威力。

救援指數 ★☆☆☆☆

奇計積分 黃孟凡70分

笑裡藏刀

「笑裡藏刀」原本是形容唐朝官員李義府的為人。

唐高宗想立武氏（也就是武則天）為皇后時，李義府立即竭力排除各種反對聲音，支持皇帝廢掉原本的王皇后，改立武昭儀。李義府因為這件事，得到高宗的寵信，攀升高官、獲得爵位。

李義府為人看似謙恭有禮、笑臉迎人，背地裡卻是一個心胸狹窄、多疑好猜忌的人，只要有人稍微不順他的心意，他就會想辦法陷害對方。因此，當時的人都用「笑中有刀」來形容他。

「笑中有刀」後來演變為「笑裡藏刀」，用在計謀中是偽裝成「友好」的手段，或用花言巧語來麻痺對方的警覺心，以掩蓋自己的謀略。

3 打草驚蛇護身符

位於熱鬧市區的中心點，被層層建築包圍的不難找國小，努力的塞進各種遊戲器材，讓自己成為一隻五臟俱全的小麻雀。

下課之後，六年級的學生從六樓直奔而下，會在五樓遇上五年級的三十六位同學，匯成一股巨流，一起湧進操場。

那麼，其他四個年級的小朋友呢？他們不下課嗎？是這樣的，中年級和低年級的小朋友，要再等二十分鐘才下課。

不難找國小的下課時間是二十分鐘，上課四十分鐘。下課鈴聲是直接從各班教室的廣播器傳送，因此，高年級教室在每逢整點的時間，八點、九點、十點……便會響起悅耳的下課鈴聲。

「充分休息，澈底忘記上一節的疲勞，才能靜下心面對新的學科。」這就是不難找國小校長最堅持的一件事，所以下課時間總比別的學校長。

三年級和四年級的小朋友，則在每個小時的二十分——八點二十、九點二十、十點二十分……下課。

而一、二年級的教室，當然就是在八點四十分、九點四十分……才能聽見輕盈的下課鈴聲。

這樣分批下課有什麼好處呢？

好處是，下課時間想盪秋千、想溜滑梯，想要在球場上打球的小朋友，都可以盡情享受，不必怕被大哥哥、大姐姐搶走；高年級也不必擔心要禮讓年幼的小傢伙，而玩得不愉快。

下課時間，阿輝和鐵倫，永遠都是衝到球場去的。

自從阿輝的座位被換到亮亮旁邊之後，雖然不再滿地丟東西，但是他對康宥成的怨氣還在。

康宥成雖然感覺得到，但是至少林明輝沒有坐在他旁邊，日子好過了一點，他就繼續過起無憂無慮的生活。

然而，阿輝沒有打算放過康宥成。特別是在下課時間，當他看見康宥成到「鐵樂園」的時候，就會跟著去。

「鐵樂園」就在操場右邊，那裡有秋千、蹺蹺板、鐵圈圈、旋轉滑梯、彩虹橋……都是鐵製的遊戲器材，所以大家稱呼那裡為「鐵樂園」。

只要康宥成往鐵樂園走去，阿輝和鐵倫就往那邊堵人。不是把他堵上鐵圈圈，不讓他下來；就是把正在盪秋千的他，推得好高好高，讓他哇哇大叫。

一開始，康宥成都以為阿輝他們是在跟他玩，但次數越多，又越來越恐怖時，康宥成才警覺到不像是在玩。只好忍到鐵樂園的綠燈亮起，代表上課時間已到，他們兩個回教室了，自己再慢慢下來。好幾次，康宥成都要等到提示燈從綠燈轉橘燈、橘燈轉成警告的紅燈之後，才能從秋千上下來，然後盡速往教室的方向跑去。

太晚回教室，最大的缺點就是會遇到中年級的小朋友。

這一瞬間，中年級的小朋友，正像一窩被打翻的虎頭蜂似的，從樓上迎面而來，他們一面呼嘯而過，還一面嘲笑：

「大哥哥，你玩過頭了！」

這一句話總是讓康宥成尷尬極了，他還記得自己在中年級的時候，也曾經這麼大聲的說過。而那時候，這句話裡還帶著一點點不開心，因為逆向的大哥哥害他下樓梯時還要減速。

沒想到一轉眼，自己竟然也收到這句話，好像當年丟出去的飛盤，繞了一圈又回到自己手上。

隨著康宥成上課遲到的次數變多，藍步島老師似乎看出了什麼，某一節下課他讓康宥成留在教室裡，一起想辦法。康宥成已經明白，阿輝不是在跟他玩，是在欺負他。那他該如何應對呢？

讓我來找個計策用用吧，
嗯……那就這麼辦！
！
喲！康宥成，這麼巧啊？
呃……亮~亮~我跟你們一起玩！
哼！膽小鬼，算你運氣好！
呼！幸好我閃得快！
噹！
噹！
嘿嘿！
喂！林明輝，我看到了，你再欺負同學，明天的作業就自己想辦法！
呼！好險有亮亮護身符。
噹！
噹！
總算被我逮到了吧？看你這次能躲去哪！
亮亮，你要去哪裡？我跟你們一起玩！
亮亮，我什麼都沒做喔！
嘻嘻！這招「打草驚蛇」成功啦！

康宥成便利貼

為了遠離阿輝，只要在他快要接近我的時候，大喊一聲：「亮亮！」這句話就像撥動草叢的一把木杖，「打草驚蛇」便能找到我的護身符！

救援指數 ★★★★★

奇計積分 康宥成70分

打草驚蛇

南唐的時候，有一位當塗縣的縣令王魯，貪愛錢財，喜歡接受賄賂，不論是非對錯，只要有錢就能為人消災，百姓對他敢怒不敢言。

有一次，王魯收到一張狀子，控告他的屬下，也就是管理文書簿籍的「主簿」，說他敲詐勒索、收受賄款。

王魯看著狀子上一條一條的罪名，內心惶恐驚駭，因為每一條罪狀他都知情，而且他也有分到贓款。

王魯情不自禁的在狀子上批了八個字：「汝雖打草，吾已蛇驚。」意思是：你這麼做，雖然只是打打草想出出氣，但是我就像躲在草叢裡的蛇，受到驚嚇而得到警惕了。

這件事傳出去之後，成為人們茶餘飯後談笑的話題。

後來人們便用「打草驚蛇」來形容行事不密，被對方察覺，而提前做出預防的動作。

4 調虎離山找真相

不難找國小的冬天很熱鬧，陽光從四處湧進操場上、教室裡。

即便是冬天，張叔還是把操場上的草皮，修剪得整整齊齊，每一棵小草都一樣高，像一張毛茸茸的毯子。

放學之後的休閒時間，不難找國小的大門會自動打開，附近的鄰居都會來不難找國小的操場上，邊走邊晒太陽。

在夏天永遠穿著厚重外套的鐵倫，到了冬天，便立刻脫掉外

套，一身短袖、短褲登場。

「老師，你看你看，鐵倫脫掉外套了！」楊若欣開心的指給藍步島老師看。

「鐵倫真像一棵欖仁樹！」

的確，這是藍步島老師第一次看見鐵倫穿短袖呢！

在春天、夏天披掛著寬大葉片的欖仁樹，到了秋冬，便褪去一身厚重，清爽的迎接寒風。

鐵倫也不知道為什麼，夏天再悶再熱，他都要穿著那件黑色外套才有安全感，好像夏日陽光會穿透他似的。但只要冬天一到，越冷他越不想穿外套，刺骨的寒冷對他而言反倒是一種享受。

也許就像老師說的吧，自己是一棵欖仁樹。

這個冬天，鐵倫得到了一顆嚮往已久的籃球，一顆以黑色為底，上面有著金色蛇皮花紋的籃球。

對街頭籃球著迷不已的鐵倫，這一顆籃球將帶領他向夢想更靠近一步。

鐵倫整天都把球帶在身邊，沒事的時候就耍一耍。這顆蛇紋籃球像是聽話的蟒蛇一樣，在他身上繞來繞去，永遠不會打結。

楊若欣是第一個發現鐵倫有新籃球的人，他從上個星期日開始就帶著那顆球到學校玩了。

此刻，若欣正站在六樓的走廊往球場看去，倒是有一件事，讓她的腦子發出「噹」的一聲脆響。鐵倫獲得這顆黑色漆著金字籃球的時間，幾乎跟康宥成遺失安親班的報名費，在同一個時間發生。

不難找國小六年級的走廊，在三十六位同學共同構想之下，布置成「簡易廚房」。

整個六樓的走廊就設計成廚房流理臺，長長的流理臺上有水龍頭、電爐、砧板、刀具……廚房該有的用具，這裡一應俱全。不管是要泡杯蜂蜜紅茶，還是烤吐司、煎荷包蛋等等，自己帶材料來，在走廊上就能動手做。

「動手做，我們不會茶來伸手、飯來張口！」幾個大字貼在牆壁上，這是校長的巧思，他希望學生不只會讀書，還要會做家事。

在剛剛升上六年級的時候，大家還會一窩蜂的排隊等著泡杯檸檬紅茶，日子一久大家就懶了，走廊也安靜不少。現在，如果有人走去泡杯蜜茶，已經是難得一見的「壯舉」。

此時，楊若欣把一杯剛剛調好的蜂蜜紅茶，端在手上慢慢喝。她前一節下課就把紅茶泡好，這節下課加上蜂蜜，在雪克杯裡搖出厚厚一層泡沫，一杯溫度剛好的紅茶，輕鬆完成。

「這兩件事，會不會有關聯呢？」若欣喃喃自語著，卻沒有發現，手中的紅茶已經見底，還仰頭打算再喝。

「早就喝完了啦，你在發什麼呆啊？」原來是班長林愛佳，她在一旁看很久了。

「啊，太好喝了！」

「才不是呢，你看他看很久了耶！」愛佳說。

從走廊往下看，左手邊籃球場上那個又黑又瘦的身影，不必細看也知道是鐵倫。

「我不是在看鐵倫好不好，我是在看他手上的那顆籃球。」

「的確是顆帥氣的籃球！」愛佳豎起大拇指。

若欣把她心裡的懷疑告訴愛佳，但愛佳並沒有多想。

「那顆籃球，鐵倫說是他爸爸買給他的呀！」愛佳不大相信鐵倫會偷宵成的錢。「而且，哪有人會笨到偷了人家的錢，還大剌剌的買球來讓人懷疑。鐵倫不會這麼做的啦！」

但若欣仍然覺得怪怪的：「你想想看，鐵倫爸爸恨不得他別再瘋籃球了，怎麼還會買球給他？」

若欣這麼一說，愛佳身上的奇謀詐計細胞，全都活蹦亂跳了起來。「我們該怎麼調查好呢？去問問阿輝好了。」愛佳的大腦恢復活力，一條條計策游過來又游過去，但好像沒有一個派得上用場。

若欣搖搖頭說：「但阿輝總是跟鐵倫在一起，每次我一開口，鐵倫就把話題岔開。」

「看來，我們得來個『調虎離山』之計了！」愛佳看著路過球場的康宥成，腦子裡突然跳出這個計策。

咦？康宥成，你一個人要去哪？
呃……我去合作社。
喔？剛好亮亮不在，這麼好的機會不可放過！
喂！阿輝，你不打球了嗎？
你先自己打一下，我去合作社買個東西。
喂！鐵倫，你這顆籃球是新買的啊？
啊？嗯……是爸爸買給我的！
嘿，鐵倫，這招技藝高超喔，教我一下嘛！
不斷練習，就學得會。你看，就像這樣。
看來虎被引開了，阿輝這邊就交給我吧。
老師，這是我們合作完成的計謀，這樣誰來寫便利貼、得積分呢？
計策的完成，往往不是一個人的功勞。但是助人為快樂之本，你們自己討論出一個代表得分就好。
調虎離山
雖然計謀是我想的，但是若欣去把「虎」調開的，所以這張貼紙就給若欣吧！

楊若欣便利貼

要單獨找鐵倫問話，還真不容易呢！他和阿輝兩人天天「公不離婆、秤不離砣」，只能用點計策，調虎離山才能把他們分開。

救援指數 ★★☆☆☆

奇計積分 楊若欣70分

調虎離山

引誘老虎離開牠的盤據地，比喻用計誘使對手離開他的據點，以便趁機行事，達成目的。

調虎離山的目的有兩個：一是使老虎離開屬於自己的山林，失去形勢與部將的保護，難以稱王，比較容易掌控。二是老虎離開山林以後，山林中沒有稱王的首領，較容易收服其他遺留下來的兵將。

三國時期，孫策是長沙太守孫堅之子，孫權的長兄。他年少有為，是東吳勢力的開創者。西元一九九年，孫策打算奪取長江北邊的廬江郡。北有淮水、南有長江，廬江郡易守難攻，擁有天然的屏障。

然而占據廬江郡的劉勳勢力強大，看來勝算不大，只能智取。於是孫策派人送劉勳一份厚禮，還帶了一封信給劉勳。

孫策在信中刻意貶低自己的地位，低聲下氣討好劉勳。然後說明自己受到上繚的侵擾，又力量薄弱，無法遠征，請求劉勳降服豐饒富庶的上繚，自己也會帶領軍隊協助。

劉勳被他的謙恭感動了，不理會部將劉曄極力勸阻，仍然執意出兵上繚，殊不知自己已經中了孫策的「調虎離山」之計。

就在劉勳率領大軍攻打上繚的時候，廬江郡城中空虛，孫策帶領人馬襲擊，順利攻下廬江郡城。等劉勳得到情報，再回頭已經來不及了。

5 欲擒故縱，消極等待

「宥成，你的錢找回來了嗎？」若欣問康宥成。

康宥成的安親班報名費遺失已經兩個星期了，他看起來若無其事，楊若欣卻因為撕下「調虎離山」貼紙，而一直惦記著這件事。

「應該找不回來了吧！」

「你不打算追究嗎？」

康宥成只是搔了搔頭，傻笑著說：「我媽媽說，鈔票上面沒有寫名字，怎麼知道是被誰拿走了？既然不能隨便懷疑別人，就自認倒楣吧！她叫我下次要小心點。」

但若欣覺得不能這樣算了，之前用「調虎離山」之計，就是為了查出鐵倫的籃球來歷，跟康宥成不見的錢有沒有關係。

上次趁著若欣把鐵倫支開，愛佳問過阿輝，只問出買籃球的錢，是鐵倫撿來的，其他的阿輝一概說他不知道。

「鐵倫撿到的錢，有沒有可能是康宥成遺失的呢？」

「那也太令人失望了吧！」愛佳相信鐵倫不會做這種事。

對於這件事，藍步島老師只能小心求證，他不敢大膽假設。

藍步島老師知道若欣正在暗中調查這件事，就讓若欣去做，三十六計不就是隨處都能運用的嗎？

「有什麼蛛絲馬跡嗎？」這是最近老師最常問若欣的一句話。若欣希望以最快的速度，蒐集最精準的資料，交叉比對、綜合分析，找出最有可能的結論。

康宥成的錢是在學校弄丟的，而林明輝常常欺負康宥成，再加上林明輝以前有過偷錢的紀錄，所以若欣和愛佳都把矛頭指向阿輝。

「以前偷過錢，不代表現在錢不見了，就是他偷的。」藍步島老師推翻這個說法。

「老師，你說得沒有錯，但是『很有可能』是他偷的。」若欣據理力爭。

三年級的時候，阿輝曾經趁教室裡沒有人，打開艾莉老師書桌的抽屜，拿走裡面的兩千塊錢，到外面的便利商店買遊戲點數。錢不見的那天下午，艾莉老師提著她的淺藍色皮包踏出校門，遇見打掃紅磚道的張叔，張叔用掃把頭指了指超商的方向，艾莉老師立刻到超商詢問。

記憶力超強的店員，立刻提供線索：一個長得圓圓壯壯的小男生，拿著千元大鈔去買遊戲點數，而且連續去了兩次，兩次都是拿千元鈔票，店員找給他兩次七百元，一次是七張一百、一次是一張五百外加兩張一百。

艾莉老師把這件事告訴阿輝的爸爸，爸爸從來沒有給過阿輝這麼多零用錢，又從阿輝的書包裡找到剩下的鈔票，於是，阿輝狠狠挨了一頓罵，還讓爸爸賠了錢。

阿輝從這件事得到教訓：亂拿別人的錢是不對的。

他還從中學到一個經驗：胡亂花別人的錢，是不對的，一定要小心翼翼的花，不能光明正大的花，否則被逮到，後果不堪設想。

日長月久之後，阿輝更體會出一個道理，那就是：一旦欺騙別人，以後再說實話也沒有用了，別人不會再相信你的。

現在，他就是那個說實話也沒有人相信的孩子！

既然這樣，為什麼要說實話？

不過這次，藍步島老師沒有提著他的藍色背包去便利商店，更沒有多問阿輝一句話，因為他不知道這些過去的事。在他心裡，阿輝是沒有任何標籤的。

但是若欣和愛佳知道阿輝的過去，她們認為是阿輝做的可能性很高，決定找出證據來支持這個假設。

宥成，你都不打算找出真相嗎？
對啊，如果真的是阿輝……
不是啦，不是阿輝偷的。
如果是他偷的，為什麼他不自己花，要讓鐵倫拿去買籃球？
康宥成的錢是星期五不見的，鐵倫是在星期六早上，在跑道旁邊撿到錢的……
阿輝說他們邊走邊聊天，鐵倫發現地上有張對折好幾次的紙，撿起來一看，就是一張千元紙鈔。
後來阿輝又發現了一張，他們兩個人就一人一張。
如果像阿輝說的那樣，鐵倫為什麼會跟我說，籃球是他爸爸買給他的？
所以，你的看法是……
在跑道上撿到錢應該要交給學校，而不是拿去買籃球。所以鐵倫才會謊稱是爸爸買給他的。
你是不是認為錢是被故意放在地上的？
也許我們可以試著去找證據。
哇！
康宥成，你很無聊耶！我們正在為你的事情想辦法，你卻來嚇我們。
對嘛！罰你去幫我們泡杯檸檬紅茶，還要加冰塊！
對不起，都是我的錯，請你們原諒我。但是無憑無據，我要怎麼查？
來來來，兩位娘娘息怒，為你們端上養顏美容的檸檬紅茶，有更充足的力氣為小的想想辦法。
你很不積極耶，難道你不想知道，是誰把你的錢拿走的嗎？
就是啊。
喂！康宥成，你該不會是在玩「欲擒故縱」吧？

康宥成便利貼

雖然我也很想查查看，我的錢是被誰拿走了，但是我知道自己能力有限，所以裝作若無其事。班長和若欣是有能力的，如果我插手只會越弄越糟，愛佳說得對，就讓我「欲擒故縱」一下吧！

救援指數 ★★☆☆☆

奇計積分 康宥成80分

欲擒故縱

三國時期，蜀漢建立之後，附近西南邊的國家經常來騷擾，其中的首領孟獲第一次被擒，心有不甘，不願投降。

諸葛亮知道孟獲在西南邊的聲望極高，影響深遠，便想收服孟獲的心，讓他心悅誠服，而不是用強硬的手段逼迫，便放了他。

第二次孟獲又被捕，他內心依然不服，諸葛亮又放了他。直到第七次生擒孟獲，孟獲終於被諸葛亮感動，誠心誠意的願意成為蜀漢的子民。

「欲擒故縱」的意思是要擒住對手，不需用激烈的手段，逼得太緊可能導致對方背水一戰，而發揮出驚人的力量，這樣反倒會讓己方付出慘痛的代價。

「欲擒故縱」就是要先讓對方鬆弛戒備，再伺機而動，等待適當的時機，收服敵人。

6 拋磚引玉，主動出擊

亮亮知道若欣和愛佳在調查「宥成掉錢」的事，她也很想幫忙，但是沒有證據，不能亂說話，所以就沒有加入討論。

康宥成掉錢的事，亮亮靜靜觀察阿輝很久，也掌握到一條重要的線索——鐵倫撿到錢的那天早上，其實林明輝很早就到學校了。

每天一早就到學校運動的亮亮阿嬤，隔了三天才把這件事告訴亮亮，因為她一直覺得怪怪的。

林明輝星期六一大早，就在學校裡鬼鬼祟祟的，還把兩張千元鈔票折了又折，放在跑道上，然後遠遠的守著。

「他把錢放在跑道上的時候，左右張望了很久，確定沒有人了，才丟出去。」

「您怎麼知道的啊？他沒有看到您嗎？」亮亮問阿嬤。

「我那時候在操場邊的圍牆外，做完運動正要回家，看見你們學校的張叔在圍牆外頭掃落葉，就跟他打招呼，他用掃把頭指了指操場，我順著看過去就看見啦！」

阿嬤提供的這個線索，對亮亮而言是個震撼彈，答案呼之欲出。

亮亮知道鐵倫有了一顆新籃球，也知道鐵倫的錢是在操場上撿來的，但不知道是誰掉的。

亮亮不是咄咄逼人的孩子，她總是為別人著想，所以她守著這個線索，只跟藍步島老師討論，她想用「拋磚引玉」這個辦法，不知道行不行。

現在，藍步島老師已經弄清楚，他第一天在校門口遇到的人就是張叔，平常要找到他還不容易呢！總是拿著掃把四處掃地，要找他只能碰運氣，也許會在校園一角不期而遇。

藍步島老師從張叔那裡得知了阿輝做的事，便讓亮亮運用「拋

磚引玉」之計，看看能不能引出阿輝內心的善良。

不難找國小的學生，升上四年級之後，就要自己洗碗，學校發給每個人兩個鐵碗和一雙筷子，上面都貼了姓名貼。

每天中午吃過飯後，洗碗、刷牙是一定要做的事。

但是這一天，奇計班的烘碗機壞了。

「我們去跟隔壁的籃球班借！」若欣這麼說。

一旁的鐵倫卻說：「你去跟烘焙班借比較保險，他們老師比較不凶。」

五班是籃球班，籃球教練的嗓門都比較大，只要他大吼一聲，往往連隔壁的班級都感到震懾。四班是烘焙班，他們老師很客氣，偶爾還會拿自己做的小餅乾來請客。

「算了啦，今天就不必烘碗了。」阿輝來看了看，把碗放進烘碗機就離開了。他最不喜歡「洗碗」這個工作，烘碗雖然不麻煩，但是要把碗排得整整齊齊，對他而言也是件麻煩事。

鐵倫再試一次故障的烘碗機，仍然不為所動。

「乾脆不要修了，讓學校直接買一臺洗碗機給我們，自動洗碗又自動烘乾。」

「想得美喔，最好還附有自動回收廚餘功能，連廚餘都不必倒，直接放進去，出來就乾乾淨淨了。」亮亮附和著說。

「對啊，這樣就更完美了。」

藍步島老師看著停擺的烘碗機說：「那就用日光消毒殺菌吧！」

午休燈亮起，老師搬了一張桌子到走廊上陽光晒得到的地方，他看見亮亮跟鐵倫在研究烘碗機，就刻意找他們兩個來做這件事。

「你們把烘碗機裡的碗拿出來晒吧。」

亮亮正要去辦，藍步島老師又叫住了她：「你們一起想想看，怎麼擺才能最快晒乾？」

老師說完，就把事情交給兩個人去處理了。

老師是叫我們兩個一起做，不是叫我一個人做。
這麼簡單的工作，還要我幫忙，你太丟臉了。
既然你說是簡單的工作，那你來做給我看！
全部放在桌上晒，不就好了嗎？
不是這樣，老師說要用最快乾的方式，這樣疊是不會乾的。
我想不出來，換你了！
豁出去了，快問吧！不拋磚怎麼能引出玉來呢？
鐵倫，我問你一件事……
什麼事？
如果你在操場上撿到的錢，其實是阿輝偷來的，你會怎麼辦？
什、什麼！
如果是這樣，我會把球賣了，把錢還給阿輝，叫他還給人家。
怎麼回事？
沒事沒事。
給阿輝留點面子，別讓同學知道。我相信你，一定能讓事情圓滿解決。
YA!
我知道。這就是圓滿！
一週後的音樂課
啊！原來我的錢在這裡！終於找到了！

黃孟凡便利貼

只有鐵倫說得動阿輝，他果然說到做到，不但把心愛的籃球賣了，還說動阿輝，讓阿輝誠實面對自己的錯誤，神不知鬼不覺的把錢還給了宥成。「拋磚引玉」引出了阿輝善良的一面。

救援指數 ★★★★★

奇計積分 黃孟凡80分

拋磚引玉

唐代詩人常建，非常欣賞詩人趙嘏（ㄍㄨˇ）的作品。有一天，趙嘏到蘇州遊歷，常建猜測，趙嘏一定會到靈巖寺去，於是先在寺壁上題下兩句詩：「館娃宮畔十年寺，水闊雲多客至稀。」

果然，趙嘏來到靈巖寺，也看見了這首未完成的作品，便提筆接著寫下：「聞說春來倍惆悵，百花深處一僧歸。」

看過這首詩的人，都認為後兩句寫得精妙。常建得到一聯佳句，非常開心，後來的文人便稱這種做法是「拋磚引玉」。

在軍事上，用類似的事物去誘騙敵人，使對方受騙上當，然後乘機擊敗敵手，也是「拋磚引玉」的運用。

7 擒賊擒王登金榜

耶誕節的腳步近了，不難找國小的校園裡，一股興奮的氣息流動著。

不只是因為聳立在中庭那棵伸展到六樓的耶誕樹，不只是因為把校園團團圍住的耶誕燈泡，也不只是因為大夥兒想看打扮成耶誕老公公的校長。

熱鬧的氣氛來自於熱烈的討論，熱烈的討論來自於耶誕園遊會。

不難找國小每年在耶誕節前，都會舉辦園遊會。在園遊會上，每個孩子都要練習擔任老闆和顧客的角色，要學會大聲吆喝，也要學會正確用錢，還要學會算帳找零。

每個班級都很用心的想，自己班上要賣什麼。

四到六年級一共十五個班級，十五個班級要擺出十五個攤位，賣不同的東西給全校師生，這真是一件大工程！

大家都知道「人難管、錢難賺」，只有剛開始學做生意的四年級，快快樂樂不計較有沒有賺錢，賣色紙、賣橡皮擦、賣面紙，只要有東西賣就好。

五年級的小朋友稍微有概念了，他們知道做生意有時候不一定會賺錢，也許會賠錢，所以要細心策劃、小心盤算。

至於當過兩次老闆的六年級，自認為最聰明的這群大哥哥大姐姐，心裡很清楚，園遊會的目的就是要賺錢！

每年園遊會結束後，在學校的公告欄，都會掛出一張暢銷金榜，和一張暢銷銀榜，那是全校生意最好的兩個班級，即使沒有禮物、沒有獎金，大家仍然想上榜。

因此，「賣什麼最好？」就成了耶誕前夕，迴盪在不難找國小的最熱門話題。

賣什麼最好？奇計班要的不是賺錢，他們要的是好點子。想辦法、用妙計，登上「暢銷金銀榜」，這就是目的。

烘焙班賣小點心、籃球班有投籃機、烹飪班賣炸雞……在每個班級都有了目標的這個時刻，奇計班反而因為想法太多，遲遲無法下決定。

「冷冷的天，賣泡麵最好。」

「戳戳樂最吸引低年級！」

「飲料！賣飲料輕鬆又好賺！」

「賣玩具！」

「賣薯條！」

「賣冰淇淋！」

六個人剛好六個意見，而且誰也不讓誰，每個人都能說出自己的提議有多麼完美，所以每次表決都是平手，每項各得一票。

「老師，你也來投一票，這樣就解決了！」愛佳班長這麼建議。

藍步島老師尊重每個人的看法，但在這個節骨眼上，再不決定，報名時間就截止了。於是他說：「我同意阿輝的看法，飲料簡單又好賣。」

第一次受到肯定，阿輝差點從椅子上跌下來。

飲料的確是受歡迎的，所以大家立刻轉向，支持這個想法。

但是，要賣什麼飲料呢？楊若欣認為應該自己煮紅茶，林明輝卻認為不需要這麼麻煩，他大喊：「可樂，買大瓶可樂倒進杯子裡來賣，簡單安全又衛生！」

「每次園遊會，賣飲料的班級最多，而且一半以上都是賣汽水、可樂，我們也賣可樂就沒有什麼特色了。」楊若欣提出自己的看法。

這時候，亮亮也有她的想法：

「若欣說得沒錯，我們賣可樂，要脫穎而出不容易啊！」

大家聽了亮亮的說法，稍微動搖了一下，在還沒完全放棄的時候，藍步島老師說：「別忘了，我們是奇計班，講的就是計謀，賣什麼都沒關係，重點是我們的計謀在哪裡？」

一語點醒夢中人，大家都專注在賣什麼好的時候，差點忘了要學習運用計謀。

「對，就賣可樂！我們要賣跟別人不一樣的可樂。」

大家都支持，阿輝第一次對自己產生信心。

亮亮的腦子又開始運轉，同學們也都在想，而且還在比賽看誰的點子妙。

沒多久，阿輝想到了一個好辦法。

「我們加點祕密武器，讓它有亮點！」

「什麼亮點？」

「快說祕密武器是什麼？」楊若欣急著想知道。

阿輝故作神祕，看了看大家才說：「乾冰！」

答案一揭曉，立刻得到大家的支持，大家都在夜市看過，看起來很華麗！

終於有一個提議獲得大家一致肯定，但不只這樣，亮亮還有另外一招，要運用上三十六計。

「別忘了『擒賊先擒王』啊，我們還需要一個人的幫忙！」

「誰啊？」

「王啊！」亮亮說。

「『王』是誰啊？」大家都被亮亮弄糊塗了。

「就是校長啊！他就是我們不難找國小的王！」

「校長？擒拿校長做什麼？」

「讓校長幫我們做廣告啊！」

校長在園遊會的時候，會出來跟全校師生打招呼。亮亮以前就注意到，校長總是從六年級的最後一班往前逛。

所以今年的耶誕園遊會，校長一定會從六年六班開始，到每一班的攤位前，跟大家揮手問候。

「我們送校長一杯冒著乾冰的可樂，如此一來，校長就成了我們班的最佳代言人。這招就叫『擒賊擒王』！」

大家聽了，再度一致通過，還說一定要保守這個祕密，免得別班學去了。

事情終於圓滿計劃好，大家對今年的耶誕園遊會，抱著極高的期許，全班團結合作，一定能登上「暢銷金榜」！

校長，這是我們奇計班的特調可樂，耶誕節快樂！
喔呵呵呵！真不愧是奇計班，這是今年最有創意的可樂啦！
校長手上那杯可樂看起來好讚，我也要買！
喔呵呵呵！炸雞配可樂剛好！
校長最愛的特調可樂，就在奇計班耶誕節限定喔！
哦？在做鬆餅啊？怎麼只有你們幾個？
有兩個人去逛園遊會了。
你們班很棒！校長幫你們拍張照。喔呵呵呵！
四年三班
康可芯
耶誕鬆餅，香酥美味喔！
來，兩份鬆餅好嘍。
同學，跟你收二十元點券，謝謝。
校長，你的可樂忘了拿。
好吃的鬆餅出爐嘍！
哇！鬆餅好香喔，我要一份。
我也加一，啊！還要配上特調可樂！
媽媽，剩最後一份留給你，謝謝你幫我準備鬆餅粉。
哇！大豐收啊！
幸好可芯的鬆餅粉不夠用，否則生意都被搶走了。
金榜 六年六班
銀榜 四年三班
哥哥、亮亮姐姐，恭喜你們登上暢銷金榜！
哈哈！多虧了亮亮想到「擒賊擒王」的計謀。
是運氣好啦，可芯你們班的鬆餅才厲害，我們應該多跟你們學習。

黃孟凡便利貼

「擒賊擒王」雖然讓我們的銷售量衝上最高，但是贏得有點僥倖，如果四年三班準備的材料夠多，我們恐怕贏不了他們。

救援指數 ★★★★☆

奇計積分 黃孟凡85分

擒賊擒王

「擒賊擒王」是指打擊敵人要先攻擊為首的領袖，意思是做事要能把握關鍵，才是成功的訣竅。

唐玄宗天寶年間，不斷向外擴張版圖，杜甫對這種造成百姓痛苦、士兵死傷的軍事侵略不以為然。於是寫下《前出塞》九首，其中一首詩的內容是：

挽弓當挽強，用箭當用長。射人先射馬，擒賊先擒王。
殺人亦有限，列國自有疆。苟能制侵陵，豈在多殺傷？

這首詩的意思是：用弓、用箭都要用最有力的。射人不如先射馬，要制伏對手，先制伏他們的首領。殺人要有限度，各國都有邊界，如果能制止敵軍侵略，又何必多傷無辜呢？

杜甫在這首詩中提到作戰的關鍵，要智勇兼備，而不在多殺人。克敵致勝之道，在「擒賊擒王」，而不在多用干戈。

後來，「擒賊擒王」就比喻做事情要能掌握重點。

8 指桑罵槐，成功卸任

「當班長」是很多小朋友的夢想。當了班長，就像當了小老師一樣，可以管理秩序，可以大聲叫別人不要講話，還可以幫老師把東西拿到辦公室。

走進不難找國小的教師辦公室，就像一次盡情的探險：社會老師原來也會講笑話；自然老師桌上擺放的東西最多；導師桌子上的考卷，是不是下次要考的內容？

不難找國小的班級幹部，通常是輪流當的。

奇計班的林愛佳會當上班長，是因為開學前的返校日，大家決定讓開學日當天最晚進教室的人當班長，愛佳根本忘了這件事，成為全班最慢進教室的人，也就因此成為班長了。

為了讓每個學生都有為別人服務的經驗，藍步島老師是讓小朋友自由選擇，看看自己想要當什麼「長」。選好了跟老師說，老師都會同意的。

如果某一個「長」都沒有人要認領，老師就用投票表決或者抽籤決定；萬一又抽到一個怎麼也不肯當的同學，老師就只能祭出最後的法寶，那就是「私下拜託」！

通常是不會這麼淒慘啦，通常在「選擇」階段，就有很多人搶著要當班級幹部了。特別是在低年級的時候，不管什麼「長」都搶成一團，搶不到的，還要回家告狀，說老師不公平。

但別忘了，這是低年級，班級人數最多的低年級。年級越往上爬，人數越少、意願越低，而且越怕當上班級幹部。

楊若欣就是經過好幾道關卡之後，莫名其妙當上風紀股長的。沒有錯，這是最少人想當的「長」，於是，老師跳過「表決、抽籤」這些步驟，直接「情商」楊若欣。若欣想了想，她不當就只剩亮亮能當了，但亮亮對這種工作完全沒有興趣，老師找她也沒用。若欣就勉強答應，當起風紀股長。

雖然不太情願，但既然答應了，若欣就會做好這件事。

自從若欣擔任風紀股長之後，就對美勞課失去了興趣。

不難找國小的科任教室在另一棟大樓，如果教學大樓是一座倒三角錐的建築，那麼科任大樓就是一棟穩固的等腰三角形，兩座建築互相平行，而且每層樓都有天橋銜接。

科任大樓的一樓是辦公區，包括校長室、教務處、學務處，還有老師的辦公室。一樓最大的特色，就是完全使用玻璃隔間，一眼就能看見要找的老師在不在裡面。

需要比較大空間的美勞教室在二樓。

每次做美勞作品的時候，若欣都很認真的做，從來不會被旁邊的吵鬧聲打擾，她就是這麼認真。

但是教美勞課的玫瑰老師常常一邊指導同學，一邊大聲的說：

「風紀股長，維持一下秩序好嗎？」

這時若欣就會抬起頭來，看看誰在不守秩序。「沒有啊！」接著又埋首到她的作品中，完全忘了要注意「維持秩序」這件事。

沒多久，正在個別指導的玫瑰老師，又大喊一聲：

「風紀股長，維持一下秩序！」

「誰在吵啊？」若欣問亮亮，但亮亮專心的做勞作，不知道。

「誰在吵啊？」愛佳也沒有注意到，因為她也埋首在作品中。

「風紀股長維持一下秩序！」

「老師，沒有人在講話。」若欣鼓起勇氣說。

「我看見你在講話！」玫瑰老師架著紅框眼鏡，嚴肅的說。

若欣生起悶氣來了，但她不敢跟老師爭辯。

那一次的美勞課，若欣來不及把手作相框完工，老師給了她一個很低的成績。

「就是你在吵吧，你看，你的進度最慢！」

「老師，可是我沒有吵啊！」

「沒有吵，那你為什麼沒有完成？」

「老師，沒有人在吵，我一直都在注意看大家有沒有在講話，所以才沒有完成。」

「下次不要這樣，要專心做作品。」

玫瑰老師推一推她的紅框眼鏡，看了若欣一眼，又繼續做她手上的教學範例，那是下一次上課要做的勞作——一個用紙箱布置而成的小農場。

若欣覺得自己快瘋了。

「為什麼玫瑰老師不自己維持秩序啊？」

若欣跟藍步島老師抱怨，但他不在現場，沒有辦法表達意見。

「你要不要想想看，可以怎麼做？或許三十六計裡面，有能夠解救你的辦法喔！」

「玫瑰老師叫我維持秩序，但是我不知道誰在吵啊！」

「所以啦，你要讓玫瑰老師知道你正在專心做勞作，沒辦法顧慮到周圍的同學。」

隔了一個星期，令人膽顫心驚的美勞課又來了，偏偏楊若欣又忘記帶紙箱。「這下慘了！」若欣嘆了一口氣，只好看看誰有多餘的紙箱，能讓她度過兩節課。

藍步島老師看著四處求救的若欣，不禁開口說：「老師幫你找一個吧！」

藍步島老師從辦公室的回收區，找到一個空紙箱帶回教室，雖然已經被拆解了，但重新黏好就能再利用。

「這個你拿去用吧。」

愛佳陪著若欣一起把扁掉的紙箱黏好，再一起穿過二樓天橋到科任大樓，然後踏著沉重的步伐走進美勞教室。

楊若欣你忘了帶紙箱？
老師，我有帶啊！
哼！有帶為什麼要去回收區拿？這分明是我中午丟掉的那個。
你這裡應該剪成圓角……
不對，是這樣，
哎呀！怎麼教不會呢？
喂，林明輝，借我膠水。
這裡應該這樣黏……
誰在吵？風紀股長呢？
噓！
我只是借東西，又沒有吵。
哈哈！看我的！
喂！你們兩個，安靜的做作品啦！
噓！風紀股長生氣了啦！
你以為我很想當風紀嗎？當得好沒獎勵，當不好還要挨罵，換你們兩個來當好了！
楊若欣，你是在「指桑罵槐」嗎？叫你維持一下秩序，結果比別人還吵，
叫你們老師換一個風紀股長。
太好了！這下子可以名正言順的辭職，終於不必當風紀股長了！
指桑罵槐

楊若欣便利貼

雖然我脫口而出的話，得罪了玫瑰老師，讓她認為我在「指桑罵槐」，但也意外的讓我卸下風紀股長的工作。我會向玫瑰老師道歉，但要在辭掉風紀之後。

救援指數 ★★★★☆

奇計積分 楊若欣80分

指桑罵槐

是指拐彎抹角的罵人。

「槐」是「槐樹」。相傳周代的宮庭外，有三棵槐樹，大臣中地位最高的三公：太師、太傅、太保朝見天子的時候，正好面向這三棵槐樹。

宋代兵部侍郎王祐，曾經在庭院中親手種下三棵槐樹，他相信子孫後代一定會有人成為三公之一。後來，王祐的兒子王旦果然成為北宋丞相。槐樹因此成為「官府」的代表。

而「桑」指的是「桑樹」，桑樹是民間常見的植物，因此用桑樹來代表平民百姓。

百姓因為畏懼官員的威勢，不敢正面表達對官府的不滿，便把怒氣發洩在一般人們身上，便是「指桑罵槐」。他們心中真正想罵的，其實是「槐」，而不是「桑」。

用在計謀中是指，以不著痕跡的方式，間接的指責方法，委婉的提出警告，讓對方明白。也就是「殺雞儆猴」、「敲山震虎」的意思。通常是強勢者或者在上位者暗示下屬屈服的一種手段。

9 假痴不癲，樂得輕鬆

位在市區中心的不難找國小，土地面積不大，但是學校盡量把教室往上蓋，空出大片空地給孩子們玩耍。球場、操場、遊樂場，不難找國小的孩子，擁有大片的土地可以盡情奔跑。

只不過，大片土地就要有人打掃；綠樹成蔭就有落葉困擾；川流不息就有垃圾問題；開放帶寵物散步就有可以預料的「禮物」……維持校園整潔，真不容易。雖然有張叔賣力的揮動竹掃把、不停的掃落葉，但還是需要小幫手，幫忙維護校園整潔。

學生的年級越高，要打掃的範圍也跟著擴大。

剛開學時，還不了解每個學生個性的藍步島老師，看阿輝長得圓圓壯壯，就派他去拖地。

阿輝發揮他搞砸事情的本領，把「拖地」這件事，輕輕鬆鬆弄成一場災難：先在流理臺前弄出一灘水，拖把不擰乾就一路拖著進教室，在地上隨意亂畫。最後再來個神龍擺尾，把髒兮兮的拖把，往走廊的欄杆上一甩，收工啦！前後不到一分鐘，而教室早已宛如浩劫過後。

阿輝雖然懶得做，但他還是會看風向，一旦有同學抱怨了、老師皺眉頭了，這都是要小心一點的時候。

自己再小心也有別人不小心的時候，有一次，鐵倫走在阿輝剛剛拖過的地板上，因為走得太急，重心不穩跌了個四腳朝天。當天老師就把阿輝「發配邊疆」，派他跟鐵倫一起去打掃操場。

操場上的垃圾、落葉、樹枝等等，都在他們的管轄範圍。有好友為伴，應該勝任愉快才對。

但阿輝不是，阿輝的態度是「有福要同享，有難不同當」。

當操場上的垃圾不多時，阿輝會跟著出去撿。他和鐵倫一起走

到操場，看到垃圾便指指點點讓鐵倫撿。

當張叔修剪樹枝、整修草皮，操場上垃圾量增加的時候，阿輝就不見了！

有時候躲在教室抄作業，有時候拿著點心到鐵樂園野餐，要不然就先到處逛逛，等到掃地結束的燈亮起，阿輝才慢慢的走回教室。

當然，阿輝也不是不懂分寸的，他會在打掃燈亮之前，提著工具到操場去和鐵倫會合，讓鐵倫知道，他也是有盡一份心力的。

「我撿得差不多了啦！」鐵倫總是這麼跟阿輝說。

「你看，剛才被樹枝刺到。」有時候，鐵倫會把受傷的手讓阿輝看，但阿輝只覺得幸好，不會感到抱歉。

然後兩個人一起離開外掃區。

漸漸的，鐵倫似乎察覺到這種情況了：垃圾量多的時候，阿輝會藉故拖延、不見人影；垃圾少的時候，阿輝裝備齊全、一起出發。而且鐵倫還發現，垃圾很多的時候，阿輝總是在他掃完之後才會出現。

他們是好哥兒們，互相幫忙是應該的，因此鐵倫總是默默的做完打掃工作，不計較那麼多。但是日子久了，鐵倫還是有點不甘心，為什麼每次都是自己一個人做？阿輝為什麼都不幫忙？

壞心情積多了，鐵倫也開始想辦法。他不想去跟老師告狀，畢竟是自己的好兄弟。三十六計裡，有哪一個計策派得上用場，又不會傷了和氣呢？

自從上次他用「圍魏救趙」救了阿輝，就愛上三十六計，還認真研究起來了！鐵倫想了很久，把三十六計翻遍了，隱隱約約之中，似乎找到一條出路！

「嘿！就這麼辦吧！」鐵倫其實不太有把握，但是他對「假痴不癲」這個計謀很有興趣，就想嘗試一下。

喂！阿輝，你和鐵倫不是外掃區的嗎？怎麼還在教室？
好啦，我抄完這題，等一下就去掃。
哼！明明是兩個人的外掃工作，為什麼每次都只有我在做？
既然阿輝都不幫忙，那我也不掃了。乾脆用「假痴不癲」來應付好了。
嘿嘿！你看我畫的難不倒老師！
阿輝，你別鬧了！
這假蟑螂誰會怕？你再不去撿垃圾，我要跟老師講了！
講啊講啊，誰怕誰？啦啦啦！
當
當
陳聿倫、林明輝，你們剛才有好好打掃嗎？
我收到張叔開的提醒單，去把跑道上的樹枝和垃圾掃乾淨！
提醒單
喔，好啦！
吼！操場垃圾很多耶！害我都不能去打球了啦！
別抱怨了，快點把垃圾收拾好。
嘻嘻，好兄弟就是要「有福同享，有難同當」嘛！

陳聿倫便利貼

雖然是好兄弟，但是讓人心不甘、情不願的時候，我還是要找個方法讓自己少吃一點虧。「假痴不癲」看起來像在胡鬧，但其實我是認真的。

救援指數 ★★★★☆

奇計積分 陳聿倫80分

假痴不癲

「假痴不癲」是裝聾作啞、裝瘋賣傻，表面上看起來毫無用處，其實內心很清醒，能藉機朝自己的目標前進。

三國時期，曹魏的第二任皇帝曹叡去世，年僅八歲的曹芳繼位，朝政由太尉司馬懿和大將軍曹爽輔佐，曹爽對司馬懿存有戒心，找藉口剝奪了司馬懿的政權。

立過無數戰功的司馬懿於是稱病在家，無法上朝。曹爽派親信李勝去打探，只見司馬懿病容憔悴，也聽不清楚李勝講什麼，就連侍女服侍他吃藥，也都吞嚥困難。曹爽聽完這才放心。

兩年後，司馬懿趁曹爽帶著三個兄弟和親信，陪伴曹芳去掃墓祭祖的機會，召集家將與過去的部下，進宮發動政變，等曹爽得到消息趕回，已經來不及，曹爽被殺，曹魏政權落入司馬氏手中。

司馬懿忍氣吞聲，假裝病情嚴重，鬆懈敵人的警戒，然後等待時機，給敵人措手不及的突擊，這便是「假痴不癲」。

10 苦肉計弄假成真

藍步島老師的手中有一本「存摺」。

就像銀行發的「存摺」一樣，學生的好事、壞事都記錄在這本「存摺」裡。

老師從來不必辛苦的找幫手，他只要打開「存摺」看一看，就能順利找到合適人選，去做「愛班服務」。

沾了灰塵的紗窗、沒被注意到的牆角、結了蜘蛛網的天花板角落等等，每當老師需要掃除幫手的時候，就從「存摺」裡提取。

「走廊奔跑」這是危險等級較高的事，一旦違規，要做三十分鐘的愛班服務；「作業遲交」的危險等級比較低，只需做十分鐘的愛班服務。

這些規則，藍步島老師都仔細寫在班規裡。

好事也要寫進「存摺」裡：凡是認真掃地、每週作業準時交、用心上課、不遲到的同學，都能得到獎勵。

藍步島老師的獎勵，就是送一張「減一次」貼紙，把這張貼紙貼在任何作業上，都可以減一次。

「貼在數學習作上，就可以不必寫了嗎？」這是林明輝提出的問題，他認為自己可以得到一大把「減一次」貼紙，要把它們貼在最不喜歡的作業上。

「『減一次』貼紙，不能把作業減到『零次』，最少要寫一次。」

本來要寫三次的語詞，貼一張減一次、貼兩張減兩次，但不能同時貼三張，因為至少要寫一次。所以，數學習作上就算貼了「減一次」貼紙，還是要「寫一次」，貼了也是白貼。

沒有人想浪費貼紙，一定要用在最划算的地方，例如生字很多的時候，或者是作業很多的時候，「划算」是大家最在意的。

「那能不能用來『減一次值日生』啊？」藍步島老師才解釋完規則，林明輝就有一大堆問題。

「只能用在作業上。」

林明輝還想把它用來「減一次上學」呢！

「老師，為什麼不能用來『減一次值日生』？」

這個問題，愛佳班長代替老師回答了：「因為全班只有六個人，每個人、每一天都要當值日生。搬餐桶、整理餐桌、倒廚餘……少了一個人，就沒有多餘的人手能代替了嘛！」

藍步島老師的「存摺」裡，紀錄最多的就是林明輝。

作業缺交、上學遲到、走廊奔跑、上課吵鬧、地不好好掃、午休不睡覺……隨便一撈，都能撈出一大票，該做「愛班服務」的時數，累積到了十九點五個小時。

「再加三十分鐘，就滿二十個小時了。」老師提醒阿輝，「你很快就能達到啦！」

所謂「蝨多了不癢，債多了不怕。」反正阿輝皮皮的，沒在怕。讓藍步島老師苦惱的，是利用什麼時間讓阿輝做「愛班服務」。

雖然功過可以相抵，但是阿輝沒有「功」可以和「過」相抵。午休時間大家都在休息，讓他做事等於害大家沒辦法午睡。下課是最好的時間，但他老是一去上廁所就不回來。

藍步島老師有的是耐性，他願意讓林明輝一分鐘、一分鐘，慢慢累積，這樣林明輝就無處可逃了。

不！林明輝才不會無處可逃，愛班服務的短短一分鐘，都讓他覺得像一小時一樣漫長，所以只要有縫隙，能逃他一定脫逃。

林明輝也有運用計策的時候，他想到的是「苦肉計」！

違規
林明輝
林明輝，去整理班級書櫃，算三十分鐘的愛班服務。
可是老師，我肚子好痛。
其實是肚子好餓，嘻嘻！
這節下課總可以整理了吧？
老師，我發燒了，我要去健康中心。
其實是打球晒過頭，哈哈！
好吧，那你下午留下來整理。
老師，為什麼做事的時候，時間過得特別慢？真的有人喜歡做這些事嗎？
那是因為你不喜歡，但是有些「喜歡」，是可以培養的。
你是打算用「苦肉計」吧？老師可不會上當。
被老師猜到了，改天應該玩個大一點的，就不必做這些事了！
體育課
啊！
林明輝同學，你還好吧？要不要去健康中心看一下？
哎呀，沒事啦，不然難不倒老師會以為我又在玩苦肉計了！
誰叫你是放羊的孩子，現在狼來了吧！難怪你怕老師不相信。
唉！這個苦肉計可真害苦了我。
不一樣嘍，以前要你做點事，像要你的命一樣。
老師，我好像培養出「做事」的喜好了！
這麼快！吃點苦，竟然能讓你領悟這麼多。
老師，我留在教室裡陪你聊天，能不能算是「愛班服務」？
可以給你算一條「苦肉計」通過，但服務時數一分鐘也不能減！
……

林明輝便利貼

原本是要假裝來個「苦肉計」，誰知道弄假成真，竟然真的受傷，真是得不償失啊！

救援指數 ★★☆☆☆

奇計積分 林明輝70分

苦肉計

「苦肉計」是一個先做出相當程度的自我犧牲，付出相應代價的計謀。目的就是利用這個自我損傷，騙取對手的信任，用來加害於人或者是離間敵人。

三國時代的「周瑜打黃蓋」就是典型的「苦肉計」。

在赤壁之戰中，周瑜需要一個到曹操陣營中詐降，並且刺探軍情的人。為了取信於多疑的曹操，黃蓋願意配合演出。

第二天，在軍事會議上，周瑜要各將領準備維持一場持久戰。黃蓋卻說，如果一個月內可以破曹便破，如果破不了，不如投降，不必打持久戰。周瑜聞言大怒，下令斬首。眾將官下跪求饒，黃蓋才免除一死，但活罪難逃，被打了五十軍棍。黃蓋被打得皮開肉綻、鮮血直流，幾度昏厥。

受盡皮肉之苦的黃蓋，派人去見曹操，送上詐降書信，老謀深算的曹操半信半疑，待得到探子密報，說黃蓋被周瑜杖打後，曹操才不得不信。

黃蓋也因為這樣，而在曹營受到重用與信任。

11 反間計贏得漂亮

不難找國小的體育課，跟別的學校不大一樣。

一年級和二年級上體育課的時候，每班都有兩位老師一起上課。年紀小、人數又多，需要兩位老師才能照顧好每個孩子。到了三年級，是一位老師教一個班級；四年級以上，體育課都是兩個班級合在一起，由同一位老師負責上課。

為什麼要合班上課呢？

想想看，六年級每班只有六個人，若是分成兩組打躲避球，內場最多只有兩個人，很快就結束；要玩樂樂棒球，三壘都有人，就沒有第四棒了，怎麼得分啊？那麼只剩下籃球、排球和羽球可以玩，但人少就是不好玩。

所以，兩個班級一起上體育課，是沒有辦法中的好辦法。合在一起，不分彼此。上拔河課的時候，老師以體重來分組，而不是以班級來分；打球的時候，用猜拳分隊，都是為了要讓兩邊實力平均一點。

雖然表面上看起來，兩班合在一起上，不分你我；暗地裡卻波濤洶湧，大家還是斤斤計較。

「都是那個蘇佳佳啦，每次都是她跑最慢！」

「你們班的康宥成才慢呢，每次跟他同組一定輸！」

輸了怪別班，贏了是自己厲害。這是始終不變的法則。

奇計班的體育課，是跟籃球班一起上，蘇佳佳是籃球班唯一的女生，跟奇計班的女生比起來，她確實跑得不快。

大隊接力賽的日子快到了，每個班級都嚴陣以待，想奪下冠軍。

教體育的大匡老師，每次都打散兩個班級成員，以測到的跑步秒數來分成兩組進行大隊接力。所以始終沒有人知道，自己的同班同學跑起來有多快，能不能贏過對方的班級？

「老師，我們來分班級跑看看啦！」籃球班的同學常常提出這個要求，但大匡老師從來沒答應過。

因為曾經重新分班，所以每個班級的整體實力如何，大家都不清楚。六年級這場大隊接力，暗潮洶湧，令人期待。

根據大家的猜測，六年級的六個班之中，籃球班一定能得到冠軍，因為他們平常接受最多的體能訓練，還有誰能贏過他們？

但亮亮分析奇計班的狀況，班上雖然沒有跑很快的人，但也沒有跑得特別慢的人，這是奇計班最大的本錢，只要大家把傳接棒練穩，還是很有希望得冠軍的。

看看一起上體育課的籃球班，雖然有兩個號稱「飛毛腿」的大將在，但他們班也有一個跑不快的蘇佳佳，誰贏誰輸都還很難說。

就在正式比賽的前兩週，大匡老師突然宣布：「那我們就來分班跑跑看吧！」

頭戴棒球帽，身穿潮T、運動褲，胸前永遠配戴一個哨子的大匡老師這麼一說，籃球班霎時歡聲雷動，彷彿揚眉吐氣、殲滅對手的時刻到了！

奇計班雖然暗自冒冷汗，但也不甘示弱，大聲歡呼起來，而且比籃球班更大聲。

大隊接力的友誼賽即將開始，兩百公尺長的跑道，每位選手都必須跑一圈。

「阿輝，你的腳傷還沒好，上場後只要慢慢跑就行了，我們千萬不能贏。」愛佳班長指揮若定，六個人圍在一起討論戰術，就跟籃球班一樣。

比賽一開始，籃球班毫不客氣的領先奇計班，每跑一圈，差距就拉大一點。當棒子傳到第四棒，腳受傷的林明輝依照指示，不搶快，慢慢跑。

阿輝跛著腳慢慢跑，距離越拉越遠，一點一滴累積到最後一棒，奇計班整整輸了籃球班半圈。

真是令人臉上無光啊！

「你們班好遜喔！」連蘇佳佳都這麼說，但是愛佳沒有反駁，因為這是事實。

「你們班好厲害喔！」愛佳真心的稱讚。

愛佳知道現在多說什麼都沒有用，但她還是對奇計班充滿信心。

雖然體育課不是藍步島老師教的，但藍步島老師相信，奇計班一定有辦法贏過籃球班。

「打勝仗不一定靠兵多，有時候靠的是計謀。」

藍步島老師觀察過，只要林明輝發揮實力，應該不至於差太多。

籃球班在友誼賽贏過他們最大的假想敵——奇計班之後，接下來的體育課，他們也不太想跟奇計班較量，只想在籃球場上，和自己班上的同學打球。於是，愛佳想了想，決定在籃球班唯一的女生蘇佳佳身上下功夫，來一招反間計，讓籃球班澈底鬆懈下來。

跟奇計班比賽，就像在陪他們練習，我們才不要，我們寧可打球！
老師說，打勝仗有時候靠的是計謀。總之要讓籃球班相信，我們贏不了他們。
阿輝，你就慢慢跑，這樣他們一定會鬆懈。
看來你們班是因為林明輝的腳受傷了，才輸我們的。
就算林明輝沒有受傷，我們也不是你們的對手啊！
抽籤找人代跑不是更好嗎？
如果讓他這樣去跑，你們班大概就沒有希望了。
除非真的不能跑，否則阿輝不會讓人代跑。
蘇佳佳
名次雖然重要，但是我們也要尊重他啊。
嘿嘿，想打探軍情是吧？讓我來用一招反間計。
根據情報，奇計班沒打算找人代跑。
就算林明輝沒受傷，六個都是林明輝也贏不過我們班！
我們倒著跑都能跑第一！
比賽當天
阿輝，你要跑最後一棒？那是最後衝刺喔，你可以嗎？
相信我，我可以！
康宥成，快啊！追過她！
我一定要超越她！
成功了！我們贏了！
都是你啦，不是說林明輝腿傷了跑很慢嗎？
我哪知道？他們耍詐啦！

林愛佳便利貼

沒想到我們班會贏得冠軍，我們的勝利，一半來自努力練習，一半來自籃球班的輕敵，蘇佳佳落入我們的反間計之中，導致他們完全輕忽了我們的實力。

救援指數 ★★★★☆

奇計積分 林愛佳70分

反間計

發現敵方派來間諜進行刺探時，假裝沒發現，故意給予假情報，讓他帶回錯誤的消息。使我方在不受損害的情況下，達到戰勝的目的。

三國時期，曹操占領荊州之後，率領八十三萬大軍南下，打算渡過長江，一舉消滅東吳。

吳國都督周瑜率軍迎戰，在赤壁對峙，曹操難以得勝。

曹操帶領的北方士兵，長於陸戰，不善水戰，但幸好魏軍中有蔡瑁、張允這兩位精通水戰的都督可以指導。

兩軍僵持不下，曹操向來愛才，他知道周瑜是軍事奇才，因此派謀士蔣幹前去說服周瑜投降。

周瑜見到曾經是同窗好友的蔣幹來到，熱情款待，假裝在酒筵上喝得大醉，並邀蔣幹同宿一晚。蔣幹趁著周瑜呼呼大睡之際，偷偷翻看他的文件，發現其中有一封蔡瑁、張允寫來的信，打開一看，竟是他們約定要與周瑜裡應外合，擊敗曹操。

蔣幹帶著信，連夜返回曹營，把信交給曹操。曹操盛怒之下，殺了蔡瑁與張允這兩位水軍將領。

不久後，曹操就察覺到自己中了反間計，但已無法挽回了。

12 美人計機智救援

在不難找國小裡，如果來個學生調查，調查大家「最喜歡的科目」，體育課一定高票當選。

不難找國小有各種球場，讓小朋友盡情發揮。

位在科任大樓四樓的大禮堂，同時也是室內羽毛球場，地上畫了羽毛球場的界線，不怕颳風下雨，隨時都可以派上用場。籃球場則是適合小學生的規格，打起來可過癮了！其他還有排球場、躲避球場、樂樂棒球、樂樂足球場，想打什麼球都沒問題！

不打球，溜著直排輪在校園裡閒逛，也是件開心的事。穿著直排輪上樓、穿著直排輪繞小三角錐、找個坡道往下滑，滑進廁所裡，再穿著直排輪上廁所……

或者也可以玩丟飛盤、丟球、跳遠、跳高、跳韻律舞、做柔軟操……，不難找國小的體育課多彩多姿又熱鬧！

所以，當體育股長是件快樂的事！

可以到辦公室去追著體育老師問：「今天要借什麼球？」；可以正大光明的到體育器材室搬東西；可以好好的享受體育器材室裡

特殊的味道。

什麼特殊的味道啊？

橡膠、汗水、泥沙、消毒藥水，以及塑膠的氣味，各種互不協調，偏偏又融合在一起的氣味，調合在一起，就成了體育器材室裡特殊的味道。

總是和籃球班一起上體育課的奇計班，雖然由鐵倫擔任體育股長，但每次搶著去借器材的，都是林明輝。阿輝最喜歡到體育器材室去閒晃，就是因為裡面的氣味太特別了，甚至讓他用「清新」來形容，每次進到那裡，他都會大口呼吸。

　　這間平常不能隨便進出的器材室，裡面擺放了各種體育課會用到的東西，軟墊、各種球類、三角錐、飛盤、球拍……等等。

　　每次阿輝一進去，就這裡摸一摸、那裡聞一聞，再隨處躺一躺，如果教室就在這裡，他一定會精神振奮，絕對不打瞌睡。

　　每當進入體育器材室，阿輝少不了要玩一玩器材室裡的球，特別是籃球，如果不在手上把玩一下，就覺得不過癮。

　　鐵倫當然也會找顆籃球來玩一下，他們都會假想牆壁上有個籃框，朝著籃框的位置，一個大步踏出，順手將籃球「投」進籃框中。

　　「耶！」

即使沒有真正的籃框，他們還是玩得很認真。

然而，不是每次都這麼順利。體育器材室裡東西可真不少，隨便一個碰撞，就可能會翻倒什麼。

這一天就是這麼不幸，阿輝一個箭步上籃，球砸在窗戶上，玻璃瞬間破裂，「匡啷」一聲，像瀑布一樣散落在地板上。

「完了！」

「這下完了！」

鐵倫和阿輝異口同聲的說。

負責管理體育器材室的，是籃球班的志廣老師，他咆哮的聲音，可以震撼整座不難找國小！但最可怕的不是這個，可怕的是，志廣老師曾經說過，借體育器材時不守規矩，那個班級就必須暫停借器材一個星期。

上體育課沒有器材可用，那就只能慢跑、健走、散步、發呆、望遠凝視，其他的都別想了。

所以停借體育器材就跟「畫地為牢」一樣，都是一種懲罰，大家最怕這一招。

更糟的是，他們和籃球班一起上課，不只自己班上同學會擺臭臉，籃球班一定更會大聲抱怨。這下好了，他們兩個就要成為千夫

所指的罪魁禍首了！而且，志廣老師的音量實在很驚人，這要怎麼辦才好？

就在這個時候，若欣跑到體育器材室，來看看他們球借好了沒有，這一節大匡老師要上羽球課，要他們兩個借十二支羽球拍和一桶羽毛球，卻一直沒看到人和球出來。

若欣一踏進器材室，看見滿地玻璃碎片，也呆住了。

糟了！這……這是怎麼回事啊？
我只不過是來個轉身跳投，玻璃就碎了！
你慘了，兩班都會給你臭臉看！
我不怕，我比較怕志廣老師的大吼。
誰叫你……呃，老師？……
這是怎麼回事？
呃……那個……
糟糕！現在該用哪一計？絕對不能害班上被停借器材啊！
老師，是我——我剛才幫忙搬球拍的時候，不小心跌倒撞到窗戶。真是對不起。
什麼？若欣怎麼會這麼說？
這樣啊，有沒有受傷？
沒有。
好吧，那你們把碎玻璃清一清，小心一點，整理好快去上課吧。
是，謝謝志廣老師！
呼！好險，這個「美人計」算你的，我絕不跟你搶，這計用得妙啊！
要不是知道志廣老師對女生比較溫柔，我也不敢用這招。
你們還是小心一點，不要害得大家沒辦法上體育課！

楊若欣便利貼

這兩個豬隊友，差點闖了大禍。雖然我背了一個黑鍋，但也因禍得福賺進一計，而且還是「美人計」。能被當成美人，真是件開心的事！

救援指數 ★★★★★

奇計積分 楊若欣85分

美人計

在面對強大的敵人時，要先制伏他們的統帥；要制伏統帥，就要先投其所好，削減他的鬥志。而美人計正是以「美人」為餌，誘騙敵人上當的計策。

春秋時期吳越之戰，越王句踐戰敗，為了報復吳王夫差，越王句踐忍辱負重，時刻不忘雪恥復國。他採用大夫文種的計策，挑選了兩名絕色美女——西施與鄭旦，送給夫差。

夫差一見到兩人的美貌便心動了，整日與美人飲酒作樂，大臣的勸諫完全聽不進去。

夫差貪戀女色，再也不想過問政事，還為她們建造宮殿，國力因為這樣而低落，國防也漸漸衰弱。句踐看在眼裡，喜在心裡，最終趁吳王北上會盟時，乘虛而入，踏平吳國、逼死夫差，終於洗雪奇恥大辱。

中場統計

經過半個學期，奇計班同學們都漸漸掌握了運用計策的時機與方法，現在就來中場統計，看看他們運用了哪些計謀，各自的積分又是多少？

笑裡藏刀
拋磚引玉
擒賊擒王

85分

打草驚蛇
欲擒故縱

80分

苦肉計

70分

反間計

70分

調虎離山
指桑罵槐
美人計

85分

圍魏救趙
假痴不癲

80分

奇想三十六計❶
調虎離山神救援

作　　者｜岑澎維
繪　　者｜茜Cian

責任編輯｜江乃欣
封面及版型設計｜a yun
電腦排版｜中原造像股份有限公司
行銷企劃｜王予農

天下雜誌創辦人｜殷允芃
董事長兼執行長｜何琦瑜
媒體暨產品事業群
總 經 理｜游玉雪
副總經理｜林彥傑
總 編 輯｜林欣靜
行銷總監｜林育菁
主　　編｜李幼婷
版權主任｜何晨瑋、黃微真

出 版 者｜親子天下股份有限公司
地　　址｜臺北市104建國北路一段96號4樓
電　　話｜（02）2509-2800　傳真｜（02）2509-2462
網　　址｜www.parenting.com.tw
讀者服務專線｜（02）2662-0332　週一～週五：09:00~17:30
讀者服務傳真｜（02）2662-6048
客服信箱｜parenting@cw.com.tw
法律顧問｜臺英國際商務法律事務所・羅明通律師
製版印刷｜中原造像股份有限公司
總 經 銷｜大和圖書有限公司　電話：（02）8990-2588

出版日期｜2023年10月第一版第一次印行
定　　價｜330元
書　　號｜BKKCJ102P
ＩＳＢＮ｜978-626-305-554-4（平裝）

訂購服務
親子天下Shopping｜shopping.parenting.com.tw
海外・大量訂購｜parenting@cw.com.tw
書香花園｜臺北市建國北路二段6巷11號　電話（02）2506-1635
劃撥帳號｜50331356　親子天下股份有限公司

立即購買＞

有聲故事書

國家圖書館出版品預行編目（CIP）資料

奇想三十六計1：調虎離山神救援／岑澎維 作；茜Cian 繪. -- 第一版. -- 臺北市：親子天下股份有限公司, 2023.10
160面；17X21公分. --（樂讀456系列；102）
國語注音
ISBN 978-626-305-554-4（平裝）

863.596　112012212